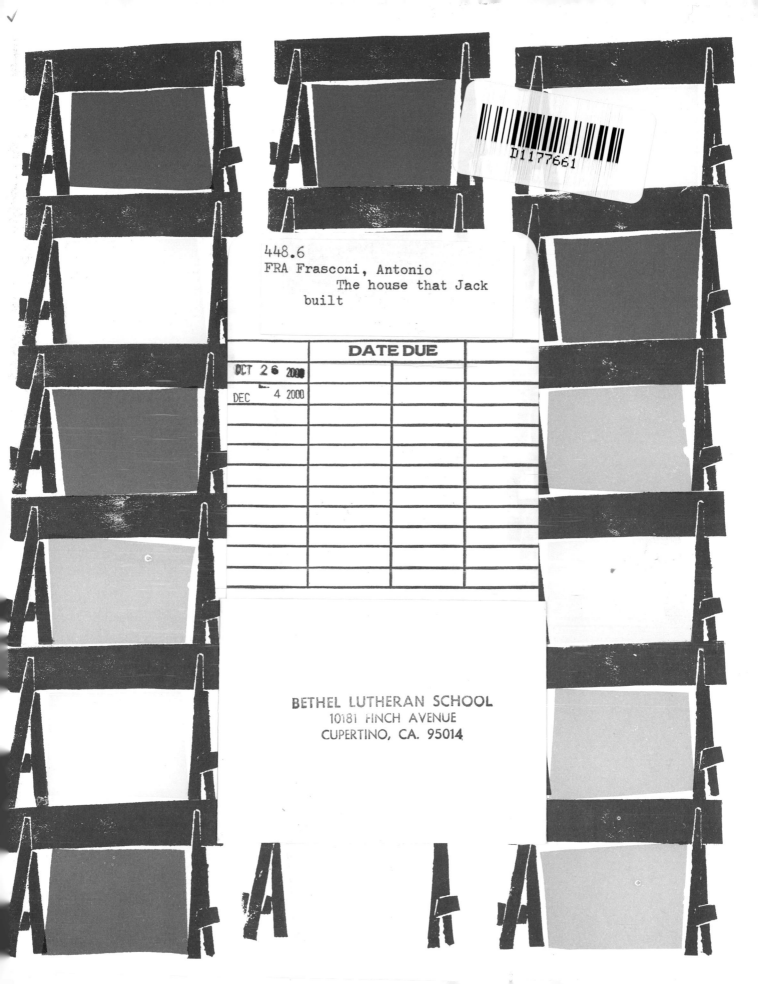

448.6
FRA Frasconi, Antonio
      The house that Jack
built

THE HOUSE THAT

LA MAISON QUE

Antonio Frasconi

A picture book in two languages

Harcourt, Brace & World, Inc., New York

G

This is the House that Jack built.

Voici la Maison que Jacques a bâtie.

This is the Malt,
That lay in the House that Jack built.

Voici le Malt,
Qui se trouvait dans la Maison que Jacques a bâtie.

This is the Rat,
That ate the Malt,
That lay in the House that Jack built.

Voici le Rat,
Qui a mangé le Malt,
Qui se trouvait dans la Maison que Jacques a bâtie.

This is the Cat,
That killed the Rat,
That ate the Malt,
That lay in the House that Jack built.

Voici le Chat,
Qui a tué le Rat,
Qui a mangé le Malt,
Qui se trouvait dans la Maison que Jacques a bâtie.

This is the Dog,
That worried the Cat,
That killed the Rat,
That ate the Malt,
That lay in the House that Jack built.

Voici le Chien,
Qui a tourmenté le Chat,
Qui a tué le Rat,
Qui a mangé le Malt,
Qui se trouvait dans la Maison que Jacques a bâtie.

This is the Cow with the crumpled horn,
That tossed the Dog,
That worried the Cat,
That killed the Rat,
That ate the Malt,
That lay in the House that Jack built.

Voici la Vache avec la corne tordue,
Qui a lancé en l'air le Chien,
Qui a tourmenté le Chat,
Qui a tué le Rat,
Qui a mangé le Malt,
Qui se trouvait dans la Maison que Jacques a bâtie.

This is the Maiden all forlorn,
That milked the Cow with the crumpled horn,
That tossed the Dog,
That worried the Cat,
That killed the Rat,
That ate the Malt,
That lay in the House that Jack built.

Voici la Fille toute délaissée,
Qui a trait la Vache avec la corne tordue,
Qui a lancé en l'air le Chien,
Qui a tourmenté le Chat,
Qui a tué le Rat,
Qui a mangé le Malt,
Qui se trouvait dans la Maison que Jacques a bâtie.

This is the Man all tattered and torn,
That kissed the Maiden all forlorn,
That milked the Cow with the crumpled horn,
That tossed the Dog,
That worried the Cat,
That killed the Rat,
That ate the Malt,
That lay in the House that Jack built.

Voici le Garçon en loques et haillons,
Qui a embrassé la Fille toute délaissée,
Qui a trait la Vache avec la corne tordue,
Qui a lancé en l'air le Chien,
Qui a tourmenté le Chat,
Qui a tué le Rat,
Qui a mangé le Malt,
Qui se trouvait dans la Maison que Jacques a bâtie.

This is the Priest all shaven and shorn,
That married the Man all tattered and torn,
That kissed the Maiden all forlorn,
That milked the Cow with the crumpled horn,
That tossed the Dog,
That worried the Cat,
That killed the Rat,
That ate the Malt,
That lay in the House that Jack built.

Voici le Curé tondu et rasé,
Qui a marié le Garçon en loques et haillons,
Qui a embrassé la Fille toute délaissée,
Qui a trait la Vache avec la corne tordue,
Qui a lancé en l'air le Chien,
Qui a tourmenté le Chat,
Qui a tué le Rat,
Qui a mangé le Malt,
Qui se trouvait dans la Maison que Jacques a bâtie.

This is the Cock that crowed in the morn,
That waked the Priest all shaven and shorn,
That married the Man all tattered and torn,
That kissed the Maiden all forlorn,
That milked the Cow with the crumpled horn,
That tossed the Dog,
That worried the Cat,
That killed the Rat,
That ate the Malt,
That lay in the House that Jack built.

Voici le Coq qui a chanté a l'aube,
Qui a réveillé le Curé tondu et rasé,
Qui a marié le Garçon en loques et haillons,
Qui a embrassé la Fille toute délaissée,
Qui a trait la Vache avec la corne tordue,
Qui a lancé en l'air le Chien,
Qui a tourmenté le Chat,
Qui a tué le Rat,
Qui a mangé le Malt,
Qui se trouvait dans la Maison que Jacques a bâtie.

This is the Farmer who sowed the corn,

Voici le Fermier qui a semé le grain,

That fed the Cock that crowed in the morn,
That waked the Priest all shaven and shorn,

Qui a nourri le Coq qui a chanté a l'aube,
Qui a réveillé le Curé tondu et rasé,

That married the Man all tattered and torn,

Qui a marié le Garçon en loques et haillons,

That kissed the Maiden all forlorn,

Qui a embrassé la Fille toute délaissée,

That milked the Cow with the crumpled horn,

Qui a trait la Vache avec la corne tordue,

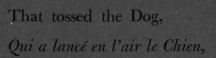
That tossed the Dog,
Qui a lancé en l'air le Chien,

That worried the Cat,
Qui a tourmenté le Chat,

That killed the Rat,
Qui a tué le Rat,

That ate the Malt,
Qui a mangé le Malt,

That lay in the House that Jack built.
Qui se trouvait dans la Maison que Jacques a bâtie.

What did Jack build?

Voici la Maison
que Jacques a bâtie.

What lay in the House?

Voici le Malt,
Qui se trouvait dans la Maison.

What ate the Malt?

Voici le Rat,
Qui a mangé le Malt.

What killed the Rat?

Voici le Chat,
Qui a tué le Rat.

What worried the Cat?

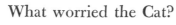

Voici le Chien,
Qui a tourmenté le Chat.

What tossed the Dog?

Voici la Vache avec la corne tordue,
Qui a lancé en l'air le Chien.

Who milked the Cow?

Voici la Fille toute délaissée,
Qui a trait la Vache.

Who kissed the Maiden?

Voici le Garçon en loques et haillons,
Qui a embrassé la Fille.

Who married the Man?

Voici le Curé tondu et rasé,
Qui a marié le Garçon.

What waked the Priest?

Voici le Coq qui a chanté a l'aube,
Qui a réveillé le Curé.

Who fed the Cock?

Voici le Fermier qui a semé le grain,
Qui a nourri le Coq.